歌集

ダニー・ボーイ

Danny Boy ..... Kaizawa Shunichi

貝澤駿一

本阿弥書

ダニー・ボーイ＊目次

I

装幀　小川邦恵

歌集　ダニー・ボーイ

貝澤　駿一

I

約束

サイダーとモネとシスレー　ためこんだひかりを空に還す約束

オフサイド

投げ出した足のすね毛の汗がひかる二ヶ月に一度のフットサル

じんわりと湿るビブスの汗をぬぐい引き受けている誰かの汗を

ぎりぎりでライン破らぬボールへと「怒れぬ若者たち」の疾走

ひだまりの理科室　君に教わったメンデル、僕が説くオフサイド

黄昏の「怒りを込めて振り返るな」誰も待ってはくれない、僕を

三月十日

その日、卒業を控えた僕は最後かもしれない、貴重な一日を過ごしていた。

レミオロメン町に流れるかたわらの君の早生まれをからかって

まっさらなノート　ピリオド　そこにいるすべての走り出さないメロス

北アフリカのチュニジアで一人の貧しい野菜売りの青年が警官に暴行され、抗議の焼身自殺を図った。この事件に衝撃を受けた青年たちが路上に繰り出し、翌月、この国のベン・アリー政権を打倒した。「ジャスミン革命」と命名されたこの事件が、地域を席巻した「アラブの春」という激動の始まりだった。

田原牧『ジャスミンの残り香─「アラブの春」が変えたもの』

海の向こうでいくつも国が倒されて誰かがそれを春と名づけた

＊

かぎりなき十八歳のかぎりなき殉死よグラウンドの土けむり

ピロティに朝のきらめき独裁者がひとり追い出された世界から

推薦で受かったことをあらためて言われるときの背中のかゆみ

おれ後期まだだよ　気にしてないような気にするような声のあかるさ

才能じゃなくて努力で東大に行ったあいつを雲だと思う

地球儀の海の部分が色あせて地理教室に海のしずけさ

天馬先生の地理の授業はモンゴルの風の手ざわりまで教わった

distance はさらりと〈距離〉に訳されて別れの意味を語りはしない

誤差だった空の遠さを　花の名を持ってしまったその革命を
二〇一一年三月十日はまだ知らない僕らに春がなかったことを
鳩を消す手品のように輝いた日々のことだけ覚えていたい

コーリャ

街じゅうのマトリョーシカが眠る夜にまたたく星のひとつが僕だ

*

ロシア語の授業は厳しいといううわさがあり、選択する学生は少なかった。

文学部一年ロシア語クラスには十九名集まり「猛者」と呼ばれる

ウクライナ生まれロシア語教授からウクライナ風のロシア語学ぶ

順番に巻き舌をする　僕だけができない　冷たく光るРусский《ルースキ》

このクラスでは、みなさんのことをロシア語の名前で呼びましょう。

ロシア語のあだ名をみんな与えられ　あの日　僕はコーリャになった

僕はコーリャ　地図から消えたその村をずっと探している男の子

*

教科書をひらけばモスクワの匂い　君をサーシャと呼ぶ日々がある

息継ぎのたびにひろがる空があり飛ぶと泳ぐはどこか似ている

プーシキン意味もわからず暗唱しこれがロシア語の真深き海か

キャンパスの片隅にただ格変化唱えて眠るだけだった夏

平日の夜に渋谷でやっているソ連映画にサーシャを誘う

ぼんやりと月夜歩めばラスコーリニコフ心の路地に住むなり

渋谷ユーロスペースで、アレキサンドル・ソクーロフ「セカンド・サークル」を観た。

ユーロスペースって宇宙のことだろう　都会の星をさがして歩く

ナラティブの鳥よ　あなたの啼いている場所まで海を渡りたかった

＊

アクセントのないоはロシア語では「ア」だが、ウクライナ語では「オ」と発音する。

その人に習えば無邪気な学生はみなмолоко《マラコー》をモロコーという

＊ロシア語・ウクライナ語・ベラルーシ語で「牛乳」

ウクライナ風ロシア語はウクライナ語とは呼べない　民族の屋根

分かたれてなお見えぬベラルーシ語を誰が話していたか　残雪

ほろびたる双数形をほろびゆくソルブ語はまだ持っているらしい

窓に春の雪散りたればチェロキー語〈重大な危機〉ウビフ語〈消滅〉

まっすぐに君に差し込むその光をアレウト語では何というだろう

＊

そよ風にのせて晩夏のピルエット　うまくできずに笑いころげた

民族の風やわらかに吹き抜けるバンデューラ弾くウクライナの歌手

地図になき郷里の風を歌にしてナターシャ・グジーの声やわらかし

初級では数少ない、мяで終わる中性名詞

ふれた手をはじめて握るвремя《ヴレーミャ》の不規則変化を思い浮かべて

*ロシア語で「時間」

伏せられた『ロシア語初級』のテキストの二度とひらかれない第一課

薄暮

結局、僕はロシア語の道を選ばなかった。専攻はアイルランド文学に決めた。

「ヒーニーで卒論を書く」師に告げし夏の日、僕は詩人になった

＊シェイマス・ヒーニー　北アイルランド生まれカトリック詩人

研究室の窓にひかりのこぼれきて『神曲』『サロメ』わずか照らしき

北辺とう言葉さみしき雪を待つ詩人にひとつの故郷ありたり

『フィネガンズ・ウェイク』は五分で諦めて白い挫折に眠りゆくなり

＊アイルランドの作家、ジェイムズ・ジョイスの代表作

二〇一三年八月三十日　シェイマス・ヒーニー死去　享年七十四

一九三九〜二〇一三　生きている詩人を追うと決めたはずなのに

ベルファスト薄暮のなかに唱えればしずかな島の霧のかなしみ

サミュエル・ベケット『ゴドーを待ちながら』を読んだ。
〈待つ〉こととは果たして、時間の喪失なのだろうか、と考えた。
だとしたら、僕らは何を〈待って〉いるのだろうか。

この国の空にゴドーをあきらめて自由の死せる日を悼みおり

ゴドーは来ないと告げるのみなる少年の一日《ひとひ》よ　枯れ木に吹きすさぶ風

ウラジーミルとエストラゴンの去りゆきし幕間　喪失という名のひかり

そしてあすになればゴドーを待たずとも銃後へひたと歩める僕ら

HOLLY

夜は動く　ひょうたん島をかたどった砂場に冷たい月を浮かべて

パーカーの肩にしずかに降る雪をしずかに殺してしまう手のひら

電飾のウサギが駆ける〈アリス・イン・ワンダーランド〉現実すぎる

送り火のようなドライブ　冬のダム　君はひかりのほうを見ていた

ヒイラギは炎のもとと信じたる少年の日のクリスマス・イブ

アンコール　ゴスペル歌手が指を鳴らし祈りが届くまで歌いきる

祈るときひとは小さな闇を知る　まぶたの奥にだけある闇を

旅路の果て

木漏れ日は翻訳できぬ言葉だと夏のゆうべに教えられたり

石段に腰掛けて読むヴァージニア・ウルフの黒き髪揺らす風

Tシャツは無地がおしゃれと教わってそればかり着る春から夏へ

大学院を出て何になる　キャンパスの夏の密度に責め立てられて

教職か　大学院か　（両方という手もあるか）　風の束縛

樹木医という職業もあることを木の根に深く腰かけながら

黒服に馴染んで君は奇術師のほうのデイヴィッド・カッパーフィールド

秋になればと君は笑ってやりすごす謝辞から書き始める卒論を

決別

大切なことは風にはたずねずに自分で決める　風はうなずく

レイアップ外し続けて真夜中のハーフコートの汗くさいシャツ

遠い日の指揮者の記憶よみがえるフリースローにひかりかさねて

無回転シュート吸い寄せられていく宇宙がひずむときの速さで

痺れたる僕の手を見る　そうこれは　詩のほかに何も生み出さぬ手だ

銃声　いや　たぶんどこかで新人のバルーンアーティストが破る夢

Fight

慎重に青い言葉をならべつつさよならだけを触れずに話す

残像のように日暮れておたがいにうまくいかないバドミントンも

ジャングルジムに登れば空から見えている僕らも若い銀河のひとつ

何もかもあたらしくする風じゃなく僕らはいまと交差している

ピースサイン空の果てまでとどかせてまだ戦うという幼さを

ラルフ

ほら貝を持たぬ新人教師われチョークに袖を汚していたり

ナイフなど持ち込み禁止の校舎にもどこかに潜むべし蠅の王

男子四十人このＢ組に不時着す誰が最初のラルフになるか

日直の名を記すとき権力のかたちのようなこの白チョーク

チンパンジーに文化はあるか問われたる教室小さき文化をつくる

正論は踏みつぶされて学級委員ラルフしずかに泣くのみなりき

化学死んだ

少年を殺めし少年のことをいう主任の袖にチョークは染みて

アスペルガーの疑い　蓋をするごときカウンセラーのリフィル眩しき

衝動　暴力性　多動　紙を切るように言葉で切り刻まれる心も

〈化学死んだ〉〈数学死んだ〉生きていてくれればいいが死にすぎだろう

＊

〈エナジードリンク　依存に注意〉新聞の生活面にこぼれるコーヒー

プラナリアのいのちの重み問われればゆらぎはじめるひとつのいのち

怒りなど湧かない、だけど怒らねばならない怠惰のこの少年を

〈理由なき宿題わすれ〉〈動機なき犯行〉そよぐ葉の影の子は

それでも正論を説くのだ〈なぜ俺を、俺だけを怒る〉という目をしても

分断

留学生駆け抜ける二区ああそれを孤独と呼ぶかアラン・シリトー

黒人文学全集神田の古書店の〈アメリカ〉の棚に埋もれておりぬ

分断の歴史を知らず子どもらがキング牧師をラミレスと呼ぶ

セグリゲイト　つまり分断　また嫌な単語をひとつ教えてしまった

たった一行の差別を語りたいと思う文法の説明放り投げても

留学生ランナーにひとり食らいつく日本人エースまた孤独なり

空に敗北

ヘルシンキと東京の時差きらめけり電光掲示板指さす子ども

丸腰になってゲートをくぐるときすでに異国を感じはじめる

二〇一八年　夏　スリランカ・キャンディに滞在する。

マッコ・デラックスに似たる大仏現れて角を曲がればまた現れる

貧しきものみな列をなし祈りおり　裸足で歩くそのただなかを

シンハラ文字をながめておれば見つけたる耳とおしりと古き鍵穴

セイロン島のかたちふちどる湖のセイロンは涙の島と思えり

ざらついた舌にマンゴーのせるとき夕陽の通学路の味がする

シーギリヤ遺跡は、五世紀にカッサパ一世によって天空に建設された。

王様のプールの水面ゆらめいて陥落したる王都シーギリヤ

なぜ五世紀の天空に水を引くことができたのか、その方法の謎は解明されていない。

じゃんけんで空に敗北　シーギリヤ・ロックを包む空は白くて

熟したるバナナにフォーク突き刺せば少年の日の甘さに満ちる

＊

ペラデニヤ植物園は、キャンディの市街地の中心に広がっている。

キャンディの風を追う　異国の夕立の気配に少し眩暈しながら

トム・ソーヤ飛び出しそうな樹にふかく木漏れ日差して雨上がりたり

エレファント

研究者にあこがれしころ〈旅に出ろ〉と言いし教授を信じていたり

植民地にジョージ・オーウェル撃ちいたる象の歩みのゆるさを思う

ピンナワラ・象の孤児院は、日本人観光客に人気のスポット。

〈象の孤児院〉来たる人みな買い求める象のうんこでつくられし紙

水浴びの象の鼻先きらめいて孤児にひかりの雨降りそそぐ

世界遺産・ダンブッラの黄金寺院にて、再びあのマツコ・デラックスと出会う。

巨きなる仏像臥してその赤き足裏マンモスのごとく迫れり

石窟に五十余体の仏像ありそのいずれとも目は合わせずに

路上に売っている果物には、手を出さない方がいいらしい。

微笑みを闇に浮かべて熟れすぎたドリアンを売る屋台の女

〈ドリアンノニオイクサイネ〉夜の路地に高く響けりその日本語は

紅茶で有名な町、ヌワラ・エリヤは「リトル・イングランド」の異名も持つ。

雨けむるヌワラ・エリヤは〈光さす町〉の意味なり茶葉匂いたつ

手作りの紅茶工場のモットーは〈SEIRI〉〈SEITON〉掲げられおり

植民は「民を植う」だとよぎりたり英国風の庭園の陽に

コロンボ、ビル群、ちっぽけな僕。

獅子の風に吹かれて乾く道がありその道をまた濡らす夕立

コロンボの高層ビルが生む風にシャツを乾かす　少しよろめく

大都市の影となりゆくわれひとり目にするものをすべて詩にして

*

二〇一九年四月二十一日　スリランカ連続爆破テロ事件

緑風にテロのニュースは消えてゆきシャツに夏日の汗染みはじむ

コロンボを訪れた日は、キャンディから観光タクシーを一台借りた。運転手のおじさんも、コロンボに来るのは初めてのようだった。僕たちはあまり言葉を交わさなかったが、一緒にコロンボの街を見て回った。しばらくして、「時間だから」と言って、彼は奥まった路地にあるそのモスクへと僕を案内した。

運転手しずかに祈り捧げいし赤きモスクのひかり　コロンボ

映像が流れ、あのとき訪れたモスクに似ているように思った。確証は持てなかった。

コロンボが燃える　冴えわたるその朝に信仰という哀しきひかり

レジスタンスとテロのあわいにもくもくと硝煙の香の雲立ちゆけり

離岸流

離岸流と聞けばはるかに飛び去りし竜のことかと空仰ぐなり

竜生まれて竜去りしのちの夕立に手を引かれおり遠き夏の日

奥田愛基フォローしていたひと夏の対岸にほそき影ゆれやまず

若者であるという罪逃れきてデモには行かぬことを選びき

世紀末の月のしろさよ監獄のオスカー・ワイルドだれも救わず

遠泳の子

その学校は海辺の町にあり、中学三年生の遠泳大会が恒例行事だった。
七月になっても雨が多く、あまり気温が上がらない夏だった。

沖は逃げていくものなのだと教えられそのたび遠き国をおもえり

うすぐもに濾過されていく陽のひかりかつて地上の魚だった日の

飛び込んだ一瞬水はとげを持つ食い込むその痛みをわすれるな

隊列を崩すな　泳ぐためでない身体を持って生まれたのなら

息継ぎをするたび肺はひろがっていまデボン紀を通過していく

遠泳の子よ　雲間から生まれ出て遠ざかりゆき雲へ還れよ

水際に腕の産毛をひからせて笑うひとりにひとつの冷夏

秋が来てプールの人も声も消え夕陽の寝床としてそこにある
永遠と聞きまちがえてあの夏を泳ぎつづける遠泳の子よ

スローモーション

そこにあるすべてがスローモーションの三月というまぶしき舞台

四限目の〈speak spoke spoken〉春の廊下にひびきわたれり

変わらない景色をひとつ持てばいい教科書二十五ページの海

落ちてくるさくらの花を打ちかえす野球部のあほの袖のかがやき

体育館に残されひかるパイプ椅子　小さな思慕がふくらんでいく

II

キックボード

二〇二〇年　春　通信制高校への転職を機に、都内へ転居する。

笑顔なき春は来たれり駆け出しの点字ブロック張り替え師にも

ハーメルンの笛吹きのごと〈要請〉が町の子どもをさらっていった

明日には取り壊されるアパートのキックボードがひかりをかえす

ウォーターサーバー稼働している音だけがやがて貫くこのビル群を

ラグビー場にもうひとびとは集まらず飛行機雲のフィールドゴール

知らない国の国技のようにじゃれあった夏の手ざわりだけ思い出せ

うつわ

父さんはへたくそすぎるチェッカーズマスクの下でくちずさみたり
神棚のふたりの写真（よく似ている）それのみを父の遺産と呼んで

グラタンが好物だよねといつもいう母の記憶は更新されない

兄は教師に、妹は看護師になった　廃墟にふたりだけが残った

藤井フミヤもうすぐおじいちゃんになるベテルギウスの死にし光に

ニュースを読む藤井弘輝の頰しろく面影とは振り切れない〈うつわ〉

背徳のグラタン皿に影はさす父母よいつまでもおだやかであれ

耕せば

行けなかった中学校のことは聞けずマスクの君と目と目を合わす

耕せば無限にひろいその野原に虹は勝手にできるものだよ

文字ひとつふるえる指で書く君の〈an apple〉にひらく香のこと

ひだまりの相談室のカーテンに春の少女がくるまれている

図書館の『鷗外全集』はつゆきのやわらかさ持つ埃をぬぐう

『もういちど生まれる』という小説を借りていく子の透明な羽

＊朝井リョウの小説（二〇一一）

令和しか知らぬ赤子を抱きつつ若き母立つ通信制の門

ヤングシンバ

「若者のすべて」を今年も聞きながら知りすぎた地へ向かうドライブ

レンタカー　志村が死んだ話から志村が死んだ話へうつる

そこにいま輝きなんてないけれど宮ヶ瀬ダムの水面のとおさ

もう三十、まだアラサーがちらついて〈真夏のピークが去った〉歌えよ

ヤングシンバに本気で憧れていたことも話すよこんな夏の終わりに

インビジブル

〈見る〉ということのあるいは〈見ない〉ということの危うき曇天に立つ

ポケットに誰もが銃を持つような整列指導の寒き体育館

まえに倣え　みな銃口を光らせる　このなかの誰かが撃つかも知れず

十字架を破壊されたるディラン・クレボルドの墓に苔は生えない

アレッポもコロンバインもとおき町　十七歳は空を見上げて

教えられた通りにその国を知るな　銃　病原菌　スケートボード

Make Orwell Fiction Again!　ひとびとに戦うための文法を　詩を

夜が明けてしまう　見えない僕もまた誰かの痛みとして生きていく

ヨンギノー

民間試験反対デモに行きしというゼミの同期がひとり辞めたり

もう教育が嫌になったと書き込みに「荒地」の一節引かれておりぬ

＊T・S・エリオット（一八八八～一九六五）

行きたくて行かざりしあのデモのことヨンギノー止めた日の遠きこと

ヨンギノーしぶといやつだソーゴー型の受験資格に「エイケン」とある

「#ESATJ」は中止を」だがそのことも通信制では話題にならず

*English Speaking Achievement Test for Junior High School Students（ESAT-J）が、令和四年度都立高校入試から導入される

ロック・ダウン

ロックン・ロールの街にも来たるロック・ダウン横断歩道を誰も渡らず

＊

その年の『ビリー・エリオット』の日本公演は、決して満員にはならなかった。
それでも少年たちは、人生でたった一度の大役を演じきった。

くたばれ、マギー・サッチャー。貧困に声を上げたる炭鉱夫たち

マギー・サッチャーのせいだろ。飛び跳ねるようなビリーの第一声は

サッチャーを知らぬ僕にもストの声突き刺さりたり時代の声が

僕はまるで電気。そう言い切ってビリー・エリオット宙を舞いたり

この町にもうあすはない　反骨のストは破られ降りてゆく幕

変声期で役を降りたる子もあればステージに歌う子はみな奇跡

タップダンスならば僕にもできるかと試してみたり秋の陽のなか

*

チップスの油しみたるThe Times《タイムズ》に分裂したりブリテン島は

ほんとうの予言者はハリー・ポッターの世界にもなくBrexitのゆくえ

匙の背でシェパーズパイをくずしたり帝国とはなべて稚《おさな》き思想

NOVA

夜のカフェ　ボサノヴァ風の音楽にさらされながら　もっと言葉を
ポーターの泡こまやかにふるえつつグラスの海をのぼりてゆけり

芸術のわからぬ僕は夢に見る戦火のピアノ燃えるその村

本物のボサノヴァを聴いたことがない僕らは夜の船に乗り込む

シュガースティックふたりで分ける輝きをこの東京で離さないから

プリミティブ

くらがりに肩を抱くときネアンデルタールであったころの記憶を

ミーアキャットも教育をするという説を君に語りぬ語りて黙す

こころからことばへ、それから降りそそぐ雨になったと紫陽花を聴く

暗闇にも言葉は生れてなめらかにルイ・ブライユの指先の詩よ

火が起こるまで待つという愛がある　小さな進化論のはじまり

編む女

ディケンズを読みふける夜やわらかに生れて言葉はなにも語らず

革命の、革命のため流す血の、ドファルジュ夫人のこけた頬骨

＊『二都物語』（一八五九）

市民よこれが戦争なのだと吊るし首のごとき網目を生み出す女

白秋がパリの夢想にひたるころ『二都物語』ひとり読みしか

倒せなかったものたちの影ちらつきぬぼろ靴で行く道のさなかに

ミネストローネ

長雨を傘も差さずにやりすごす　ひとりきり　夏　アフガン　自爆

銃声とまちがうほどの雨を聴くミネストローネに口よごしつつ

二〇二一年八月十五日　アフガニスタン　政権の崩落

〈首都を除き陥落〉の報ありてより〈首都陥落〉までの数時間

戦火かつて聖火でありし日の記憶あらわれゆけり列島の雨に

キャスターの乾いた口が「夥しき死者」と言う　数えることも止め

テロは雨　それしか知らぬひとたちが流した銃の雨　ながき雨

ゲリラとはもっとも容易く〈せんそう〉を指すなりビニール傘突き破る

ルカシェンコの子供たち

ふたご座がいつも寄り添いあっている悲しさのこと冬の天球

プラネタリウムのドームの中で眠る子のアポロ計画のかすかな記憶

*

ロシア語をかつて学びき長髪に太宰読みたる青年とともに

ロシア語の教師はウクライナ人教授なりきロシア国歌は決して教えず

ぼろぼろの辞書手放さぬ啄木を思いてデスクの埃をはらう

読みさしていく年経ちしナボコフをまた読もうとはついに思わず

*

見習いのアコーディオン弾きミンスクの寒さに指の皮厚くして

〈欧州最後の独裁者〉かつぐその国の民衆の持つ悲しき言語

〈スヴェト〉は光だ光を捕えろとスヴェトラーナ・アレクシェーヴィチ　光へ

屹立せよ雪野の一本のひまわりよ　くずおれていい革命はない

ロシア語に侵されてなおひた隠れる〈ベラルーシ語〉なり母国語とは、何

その民に〈ベラルーシ語〉はなかったといつか記すか透明な地図

チハノフスカヤはロシア語読みと知りたればまた遠ざかる広野と思う

ルカシェンコの子供たちには遊び場がない　木も草も川も灰色

みずからを〈奴隷《スラヴ》〉と称す草原の民のことばのひとつの叙事詩

〈слав《スラヴ》〉とはかつて〈слова《ことば》〉の意味なりき弾圧者たちは言葉を殺す

＊

交差点　まだ生きているホッカイロを左手へ投げ右手にかえす

やがて死ぬホッカイロ手につつむとき星の寿命がそのなかにある

ニュータウンの同じかたちの屋根を打つ直線するどく冬の驟雨は

悪政はとおくの国の話だと言いよどみつつヘビイチゴ踏む

鉄塔と空のあいだをただよえる鳥の眼はうつすもの言わぬ村を

白球残影

グリーンネットにひかりすかせば八月の平和はありぬありて疑う

戦うことを恐れてしまう夏の空その情けなさに救われながら

降板のエースの肩をポンと叩くその一瞬の平行の影

快音　のちの失速　左翼手のグラブにおさまるまでの　永遠

サイレンに肩をふるわせ　戦いの終わりを告げるためだけに響け

情けない君たちでいいその空を決して離さず持っていますか

夏はゆく　あの日の弾丸ライナーのように　誰もが持つ弾丸の

*

夕暮れにスローカーブを教わりし夏の日父という影ありて

ハマスタのウイング席でペガサスの目を持って見る薄暮の野球

二十年通って来たるハマスタのそのうちいくつ雨だっただろう

三浦大輔引退の日もこの場所にいて走りゆく雲を見ていた

水切りのアンダースロー天をさすひらけた空をわすれないため

コンビーフ

遠ざかりゆくものなべて記憶という海に浮かべる舟とおもえり

コンビーフ意外に高いと気づきたりひとり暮らしに慣れてきたころ

記憶とはほどかれていくものだから枕缶ひらく僕の小さき手

あんたこれ好きでしょと言われコンビーフキャベツ炒めを渋々食みき

嫌いでも好きでもないがコンビーフたしかに家族の味だったこと

枕缶ひらくこともうなくなれば遠くなりゆく朝餉のひかり

逡巡

エヴァリスト・ガロア決闘に倒れたる夜それまでの逡巡のこと

＊数学者、革命家（一八一一〜一八三二）

書かれずにいたフェルマーの証明もあるいは少年の夢のひとつに

青春とはためらうことを許される日々のことなりガロア思いて

決闘と結核　死ぬのは罪でなく無垢なばかりに生かされる罪

黒板に余弦定理は残されて青春の問い浮かんで消える

サーチライト

軋むブランコ　低い鉄棒　錆びたベンチ　着陸せよ名もなきこの夜よ

くりかえすシャドウピッチの静けさが自分の呼吸だけを伝える

鉄の匂いこびりつきたりさかあがりできぬくやしさこみ上げる手に

再生数競う動画に爆撃の首都と歌い手ならべられおり

翼があればプラネタリウムを駆けまわる少年にほそき夜の雨降る

笛の音が町の子どもを走らせる　ひつようならば戦うのだと

自転車のサーチライトに包まれて街よシェルターと呼ばれずにあれ

霧

エフレモフ　少女は空に傷のようなミサイル雲を描き足している

孤児院に灰色の雨マリア・モスカリョワはそこで何を描けるだろう

何が起こっているの、そんな疑問すら持たなくなって春を過ぎたり

世界の果てに手負いの空があることの〈さくら通り〉の花冷えの雨

でも僕は何も知らない、君に触れた気持ちの意味もそのロシア語も

平和が来てほしい、と思う。だけどその小さな町では何も言わない

*

キーウの空を翔けたる航空機の数多イーゴリ・シコルスキーの夢に

サマリョート、と唱えて夏を呼び込めば空の端っこにある調布基地
マクドナルドの看板あかく燃える画をありふれた夏の隅に思いき
からっぽの武器庫の屋根を打つ雨を祈りのカノンとして歩き出す

その街の空を羽虫のように舞う　祈りへ　つたない祈りのなかへ

アパッチやブラックホークなら、せめて。戦うことを逃げないならば

祈りの形に翼をたたむ鳥を見て　死なないことが生きることだから

＊

散るときは全力で散る花があり　破壊の　雨の　バフムトの　大地

バフムトは焦土作戦に切り替わった。我々はそれを確認できなかった。

暮らしの中に火を見ることもなくなればＩＨで焼く今朝の玉子を

戦火では〈街〉とは〈価値〉と同じこと価値ある街を焼くべしという

民間軍事会社〈ワグネル〉は疲弊しているが、ロシア軍から供給は続く。

この街を死守せよ　たとえば詩のように遠くから来る火を護り抜け

*

独裁者の死期せまりきてその国はなお静かなる傀儡にあり

進撃を　ロストフ・ナ・ドヌー制圧の夜には響かなかった　銃声

ワグネルの傭兵が来て兵士らは道を譲った　行けよ　モスクワへ

それでもなお、モスクワ攻略は難しい　霧立つ城に兵を構える

霧の向こうにあるのは光　あるいは火　少年がとおく煙草をふかす

チェブラーシカをアイコンにして笑いおり十九の僕は稚《おさな》き夏に

育ちすぎたチェブラーシカは何者でもないままに見るモスクワの火を

シグナル

こころのかたちはみんな違ってぴったりの椅子を探しているこの秋も

「弟の世話で行けなかったんすよ」とはにかんでいる奔馬のように

カタカナで書けばヒーローみたいじゃん。介護戦隊ヤングケアラー。

支えがあれば生きてはいける秋の空ヤングではないキッドだ君は

シグナルのようにきらめく　教室にそれぞれの長さの透明な定規

ゼレンスキーのドキュメンタリーを見る子らのまなざし深く雨の教室

考えて書けない答え〈戦争は身近にあると思いましたか?〉

脚

適職診断に〈義肢装具士〉の道がひかる素直に答えてしまった僕の

サッカーボール空に蹴り上げ少年は虹を生み出すガザの空にも

脛毛まだ生えざる夏に聞かされる「駿馬」が由来という僕の名は

いつかピッチに立つはずだったその脚に刻む名　身元特定のため

脚だけが残ることもある、脚に名を書かれた子だけが残ることもある

僕の脚に「駿」という字は書かれない空爆に逃げなくてもいい　今は
駿馬そう驟雨に似たる響きあり世界は残像なのだ　いつでも

Once

草原に誰のものでもない叙事詩ひとひらを手に騎手は行きたり

馬はわれの一部となりて風に向かう　馬を名に持つわれの立つ風

古本市にふと手に取りししみだらけのロシア語の辞書光に透かす

Once われに振り返るべき過去はなく馬はゆくかつて滅んだ道を

ことばがひとつ生まれて消えていくように大地に馬の疾走はるか

少年

少年法の改正により、十八歳と十九歳は〈特定少年〉として実名報道が可能になった。
二〇二一年　甲府市で起こった夫婦殺人事件の被疑者は、当時十九歳。
〈特定少年〉を裁く、初の裁判が始まった。

火をつけたきみが十九歳だったことわずかに雨の残るサドルに

黙すきみを闇ふかぶかと覆うだろう〈特定少年〉として裁かれて

十九歳の僕を思えば〈少年〉の殻をかぶっていた　おとなしく

もう彼は〈少年〉ではない〈元少年〉でもない　名前を持つ被告人

〈陰キャ〉だが好意を寄せる人がいた。それすら悪のように語られた。

十九歳のあるいは稚《おさな》すぎた恋　その果ての火を　きみが望む火を

黙るという選択は夕焼けに似る　何かを語るんだろう、その色で

二〇二四年　一月十八日
甲府地裁は主文を後回しにし、求刑の理由を語り始める。

〈触法〉と〈贖罪〉おなじ音を持ち哀しき韻を踏む〈少年〉と

判決は〈死刑〉これからきみという元少年に〈死〉が降ってくる

きみはもう〈死〉を知っているきみの手が放った炎が殺めたひとの

取り下げてきみは受け入れた　死ぬことを　そしてテレビが語る生い立ち

慟哭の母は云う「代わりにわたくしが死ぬ」と　代わりはいない、誰にも甲府地裁の裁判長は「年齢は死刑回避の理由にならない」と述べた。
僕はいつものように教壇に立ち、卒業を控える十八歳と十九歳の瞳を見つめていた。

〈身勝手〉や〈残忍さ〉ならこの子らにもあるだろう、数学の試験中

〈特定少年〉になりうる二十六人のひとりひとりに渡す成績表

僕が名を呼んだら、ひとりずつ立って、ひとりひとりが歩みゆく道

慈雨

積もらない雪が記憶の丘に降る『忘れられた巨人』ひらく夜更けに

イシグロの記憶の旅よ読みさしのペーパーバックはひだまりのなか

傘をひらけば雨に打たれず済むことを雨なきガザのはるかに濡れる

ガザに雨が降らないことを、 慈雨という言葉がうまく訳せないことを

水たまりをよけて歩めり戦場もあるいはそうかとうつむきながら

あとがき

「かりん」に入会した二〇一六年から二〇二四年まで、およそ九年間の作品をまとめ、第一歌集とした。歌集の作成にあたっては、編年体にはこだわらず、Ⅰ部からⅡ部にかけておおよそ出来事が時系列に沿って進むような構成をとった。Ⅰ部の冒頭では高校生だった自分が、Ⅱ部の最後では高校教員として卒業生を社会に送り出している。平凡な人生の半分を、この歌集に詰め込んだつもりである。

私の人生は平凡だが、今の私が教えている生徒たちはそれぞれに様々な荒波をくぐり抜け、「学校へ行くこと」自体が奇跡的なチャレンジである、という子も多い。子どものころからなんの不自由もなく、「学校が楽しかったから」というその一点で教職を選んだ自分にとっては、カルチャーショックにも等しいものだった。複雑な事情を抱えている子供たちと接していく日常の中に、さらに混迷を極める世界の複雑さ、自分にはどうにもできないというやるせなさが重なった。敬愛する詩人シェイマス・ヒーニーの詩の一節を借りれば、「Whatever you say, say nothing.（何か言いたくても、何も言うな）」という思いの中で自然と出来てしまった歌が、Ⅱ部の後半に集中した。

「かりん」では馬場あき子・岩田正の両先生に大いなる薫陶を受けた。平成二十七年度NHK全国短歌大会・近藤芳美賞の馬場あき子選者賞を受けたことがきっかけで、授賞式の翌々日に「かりん」に入会を決めた。岩田先生には二〇十七年・夏のかりん全国大会で私の歌を選んでいただき、壇上で賞状と色紙を受け取る光栄を賜った。その年の秋に亡くなられた先生と、直接言葉を交わすことができた最後の世代である幸運を噛みしめながら、これからも歌っていきたいと思う。お二人に受けた恩義は、言葉には尽くし難いものがある。

また、坂井修一さん、松村正直さん、井上法子さんには素晴らしい栞文をご執筆いただいた。歌集の制作に関しては、米川千嘉子さんをはじめとする「かりん」

の諸先輩方に、たくさんのご助言をいただいた。時に友人として、時にライバルとしていつも身近にいてくれる若手の仲間（若月会）の存在も、私にとって大きな刺激になった。本阿弥書店「歌壇」編集部の皆さまには、ゼロの状態からこの歌集の完成を見守っていただいた。それぞれ、この場を借りて厚く御礼を申し上げたい。

最後になりますが、この歌集を読んでくださったすべての皆さまに、心より感謝いたします。本当にありがとうございました。

二〇二四年十二月　吉日

著者略歴

貝澤　駿一（かいざわ・しゅんいち）

一九九二年神奈川県横浜市生まれ。現在「かりん」編集委員。他の所属に「水面」「ジングル」。平成二十七年度・平成二十八年度ＮＨＫ全国短歌大会近藤芳美賞・選者賞（馬場あき子選）。第三十九回かりん賞。
慶應義塾大学文学部英米文学専攻卒。同社会学研究科教育学専攻修了。私立中高一貫男子校勤務を経て、現在ＮＨＫ学園高等学校（広域通信制）英語科教諭。

かりん叢書第四四五篇

歌集　ダニー・ボーイ

二〇二五年三月一日　初版発行

著　者　貝澤　駿一

発行者　奥田　洋子

発行所　本《ほん》阿《あ》弥《み》書店

東京都千代田区神田猿楽町二—一—八

三恵ビル　〒一〇一—〇〇六四

電話　〇三（三二九四）七〇六八

印刷・製本　日本ハイコム㈱

定　価　二四二〇円（本体二二〇〇円）⑩

ISBN978-4-7768-1718-5 C0092（3433）